Graphic Novel 001
戰火下的小花
The Breadwinner

小說原著│黛博拉・艾里斯 Deborah Ellis
動畫改編│諾拉・托美 Nora Twomey
譯者│李靜宜

字畝文化創意有限公司
社　　長│馮季眉
責任編輯│李晨豪
編　　輯│戴鈺娟、陳心方、巫佳蓮
美術設計│盧美瑾工作室

讀書共和國出版集團
社　　長│郭重興　　發行人兼出版總監│曾大福　　業務平臺總經理│李雪麗
業務平臺副總經理│李復民　　實體通路協理│林詩富　　網路暨海外通路經理│張鑫峰
特販通路協理│陳綺瑩　　印務協理│江域平　　印務主任│李孟儒

發　　行│遠足文化事業股份有限公司
地　　址│231新北市新店區民權路108-2號9樓
電　　話│(02)2218-1417
傳　　真│(02)8667-1065
電子信箱│service@bookrep.com.tw
網　　址│www.bookrep.com.tw

法律顧問│華洋法律事務所　蘇文生律師
印　　製│中原造像股份有限公司

2021年 4 月 初版一刷
2022年 4 月 初版五刷
定　　價│300元
書　　號│XBGN0001
ＩＳＢＮ│978-986-5505-52-3

特別聲明：有關本書中的言論內容，不代表本公司／出版集團之立場與意見，文責由作者自行承擔。

戰火下的小花/黛博拉.艾里斯(Deborah Ellis)原
著；諾拉.托美(Nora Twomey)改編；李靜宜譯. -- 初版.
-- 新北市：字畝文化出版：遠足文化事業股份有限公
司發行, 2021.03
　面；　公分. -- (Graphic Novel；01)
譯自：The breadwinner : a graphic novel
ISBN 978-986-5505-52-3(平裝)

885.3596　　109020867

戰火下的小花

THE
Breadwinner

黛博拉·艾里斯 Deborah Ellis / 小說原著

諾拉·托美 Nora Twomey / 動畫改編

李靜宜 / 譯

二〇〇一年五月，塔利班政權統治下的阿富汗喀布爾。

曼達威市場

我們是被興都庫什山脈利爪撕裂的一片破碎大地，被北方沙漠烈火一般的眼睛給燒焦了。

我們是一條可以通向任何地方的通道，讓貨物可以從東運到西。

我們這片土地上最有價值的寶藏就是人，但我們位在互相交戰的各個帝國邊緣。

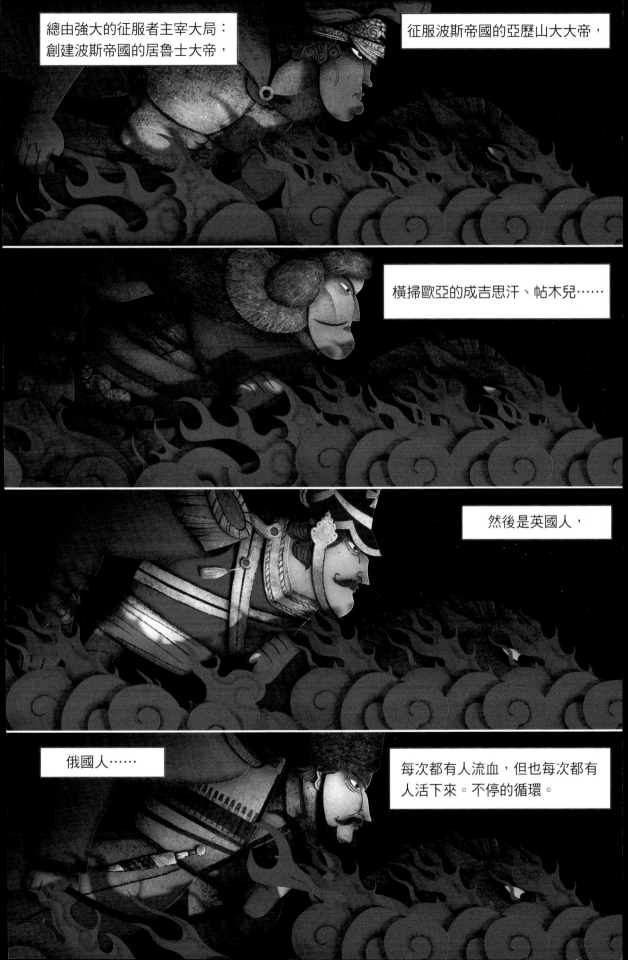

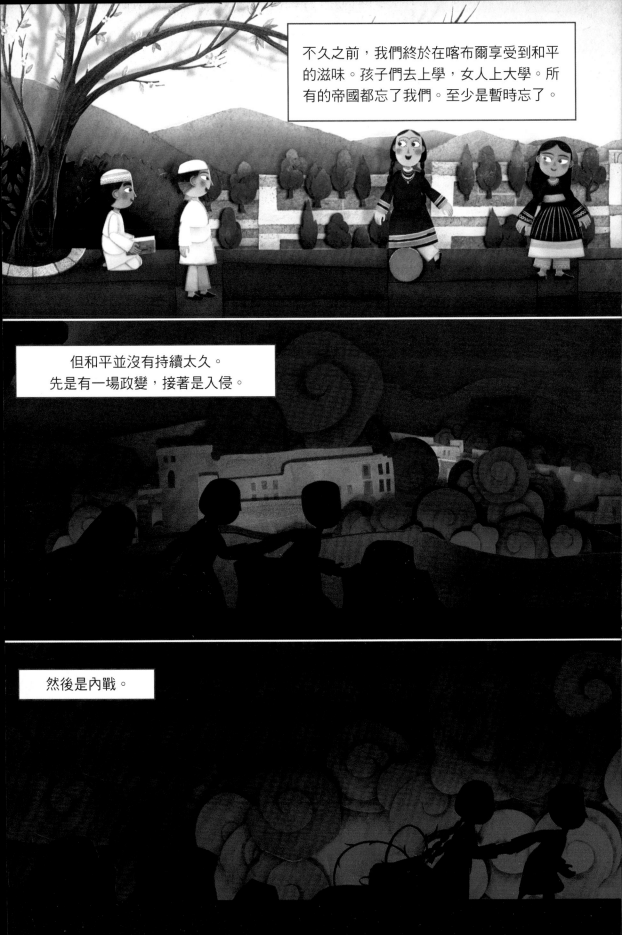

不久之前，我們終於在喀布爾享受到和平的滋味。孩子們去上學，女人上大學。所有的帝國都忘了我們。至少是暫時忘了。

但和平並沒有持續太久。
先是有一場政變，接著是入侵。

然後是內戰。

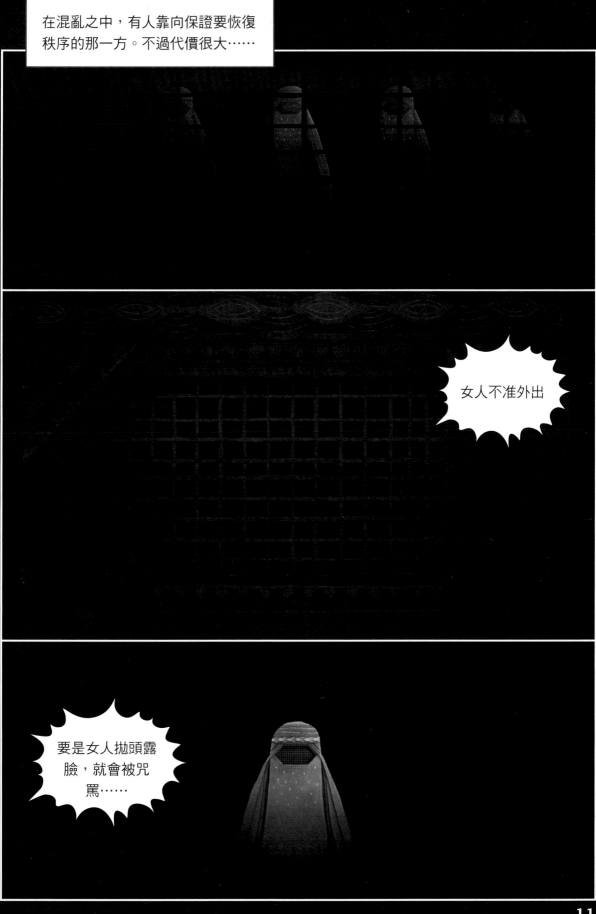

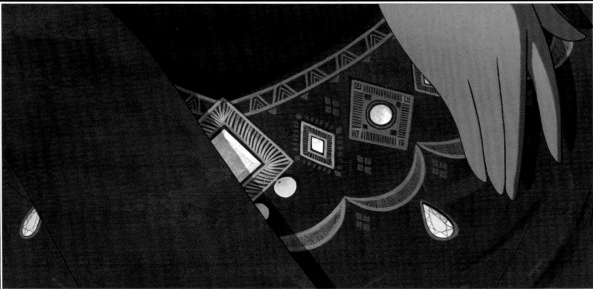

帕瓦娜，先坐下來吃飯吧。肚子填飽了，所有事情都會跟著變好的。

薩奇呢？

只要聞到飯菜香，他很快就會醒了。

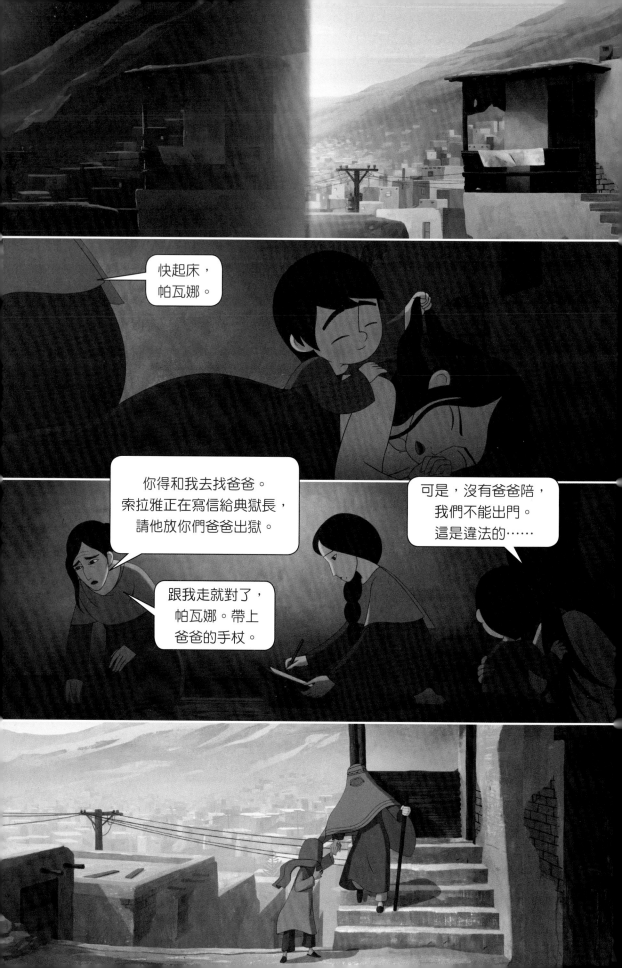

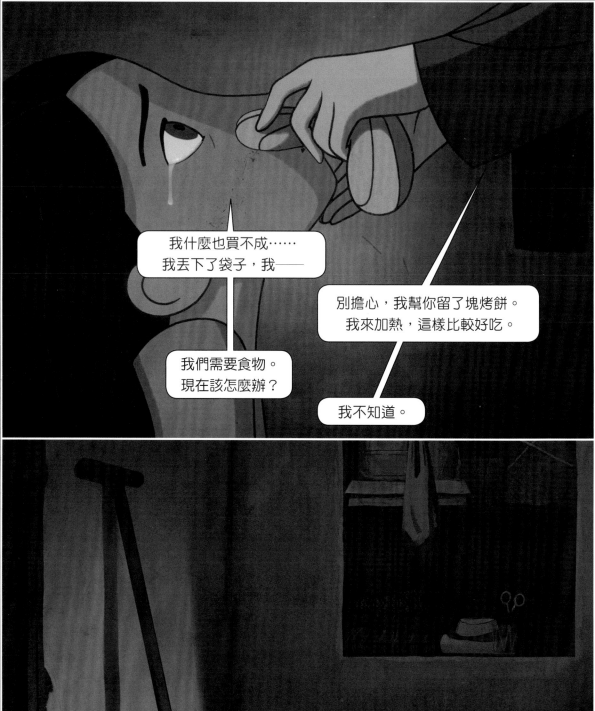

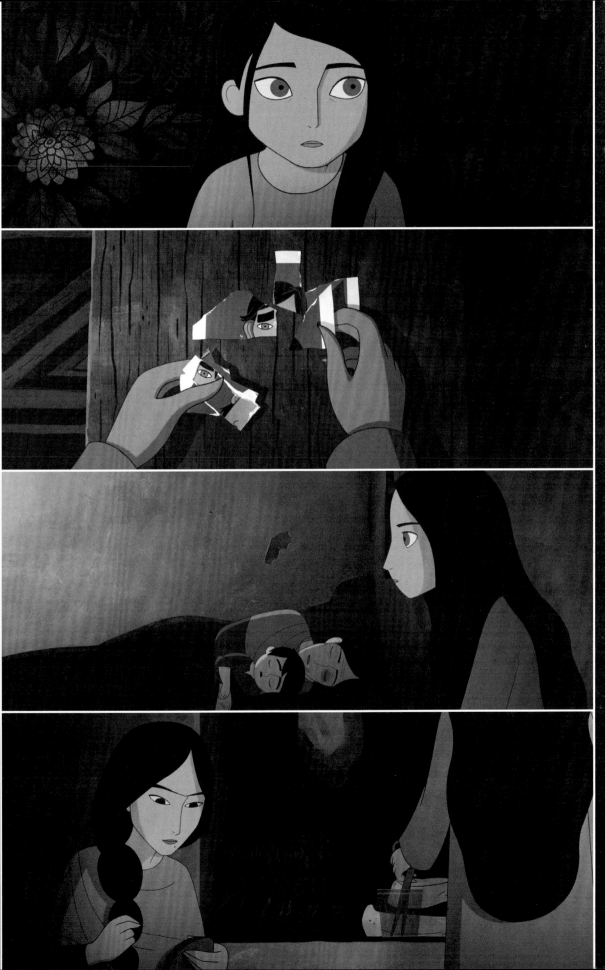

37

41

很遺憾通知你，你的妻子哈拉‧碧岡，
在參加她妹妹婚禮途中，遇難身亡。

她搭乘的巴士壓到地雷，她傷勢過重，
撐了幾個鐘頭之後，就不幸過世了。

我知道這對你是很大的打擊。願阿拉降福
於你，指引你前進的道路，賜予你勇氣。

我很遺憾。

親愛的表哥，我寫信給你，是因為我的丈夫納魯拉被逮捕了，我們家已陷入絕境。我需要請你幫忙。我的大女兒索拉雅已經到適婚年齡，我想請你考慮，讓她嫁給你的兒子阿吉瑪……

寫信，讀信！
也賣很多漂亮的東西呦！

這件衣服
多少錢？

這是純手工裁製，
只要三千元。

別傻了。
我給你三百元。

兩千。你女兒穿上這件漂亮的
衣服，肯定會非常開心。看看
這精美的繡花，金線——

她是我老婆，
不是我女兒。
這是一千元，拿去。

一千？這筆錢拿去賄賂應該夠用。

真的？

我也在存錢。只要沒被我爸爸發現的錢，我都藏起來了。看見沒？我不打算永遠留在這裡。

可是你爸爸不是要靠你養活嗎？

那你要去哪裡？

我是個好兒子，但他不是個好父親。

47

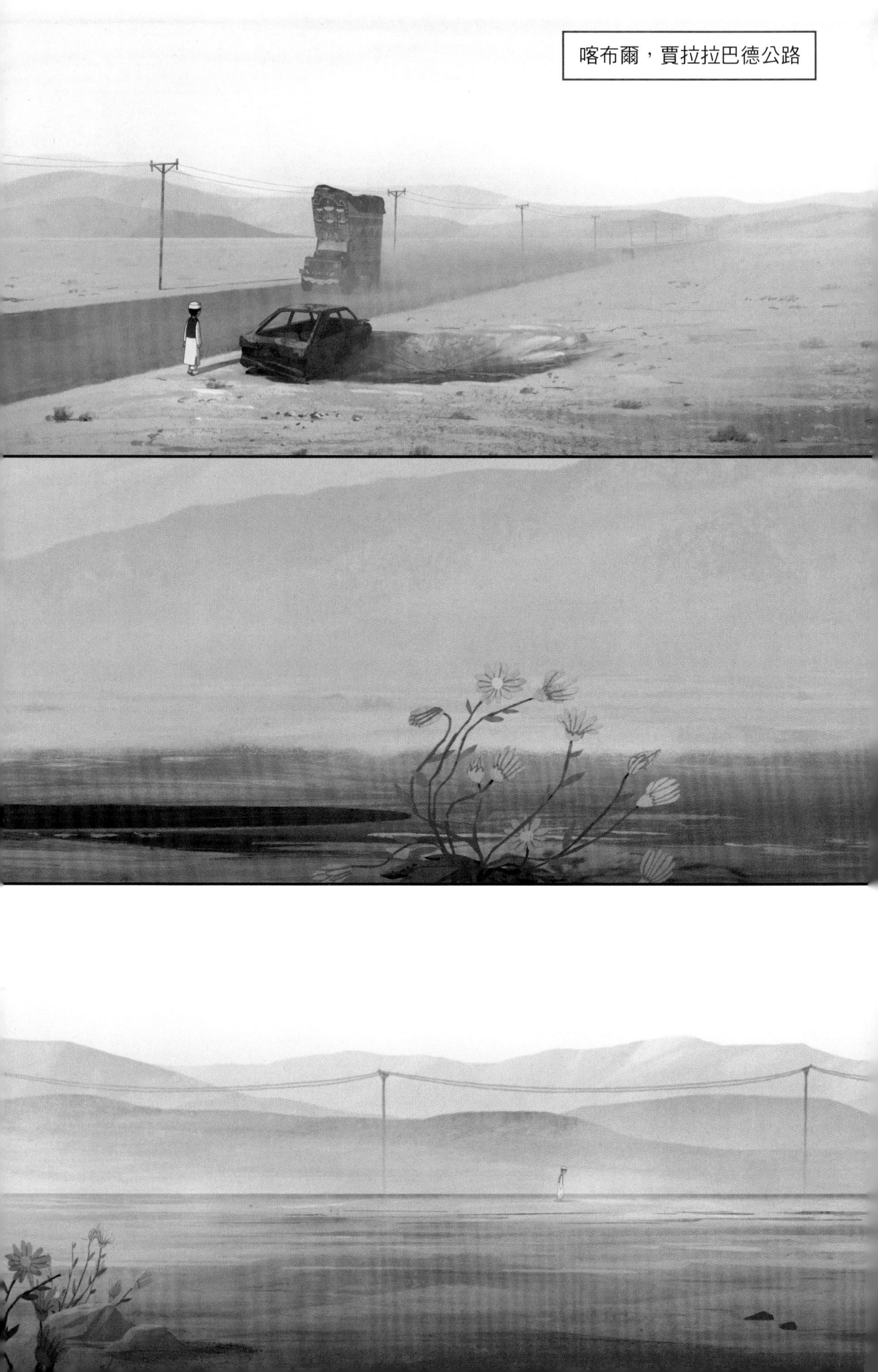
喀布爾，賈拉拉巴德公路

太多了。

等等，等一下！

怎麼了，孩子？

你上次問起，以前坐在
這裡的那個人，
那個跛腳的老師。

你叔叔？

他沒去馬札里沙里夫。
他被關進監獄裡了。
可是他並沒有做什麼
犯法的事。

哪一個監獄？

普里查基監獄。他已經被關
進去好幾個星期了，但是
一點消息都沒有。

星期三到監獄去，找羅桑，
他是我表弟，告訴他，
是我讓你去找他的。

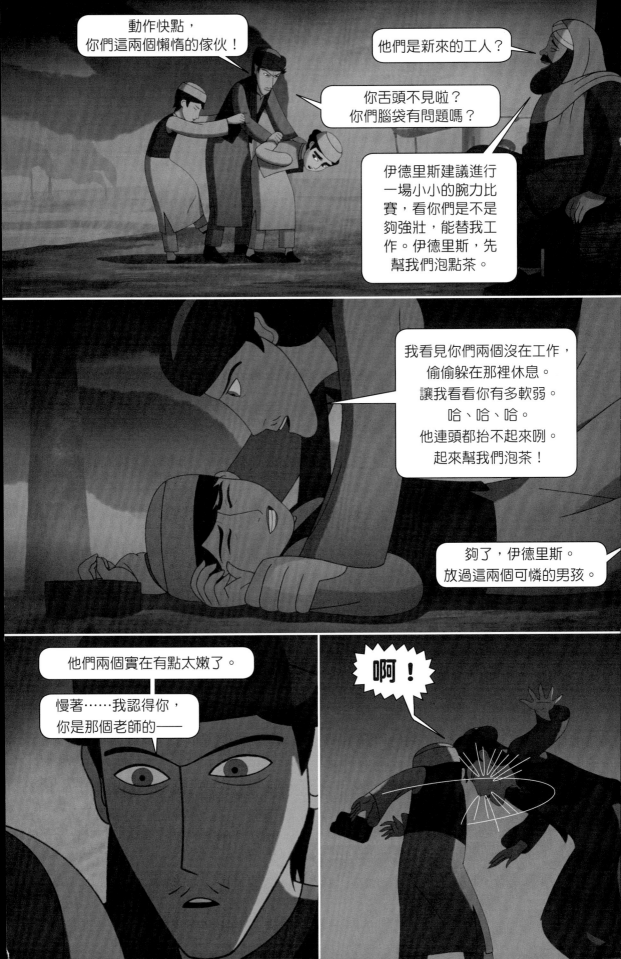

61

從現在開始,你要留在家裡。外面的情況比以前更加危險了。

什麼?

我們已經安排好了,要把你姊姊嫁到馬扎里沙里夫。後天會有人來接我們離開。你以後再也不需要冒險打工了。

為什麼不行?我可以養活我們大家。

這不是小孩該做的事。你每天回家,身上都帶著傷口和瘀青。你每天出門後,我都不知道能不能再見到你。我不能再失去你了。

我不走。爸爸有可能會回來,家裡得有人等他。

我們要等多久?等到你被拆穿,被抓走?等到我必須派薩奇出門掙錢養我們?

我們離開之前,讓我去看看他吧。讓我去告訴他,我們要到哪裡去。我會把手杖帶去給他。然後我就和你們一起走。我保證。

讓她去吧,媽媽。讓帕瓦娜去吧。

64

砰！砰！砰！

願真主保佑你平安。你是法蒂瑪嗎？

是的，我是。

但你不應該是今天來的呀。我的兒子出門了，我們得等他回來。

你的表親穆罕默德・阿布爾派我從馬札里沙里夫來接你們。我們必須馬上啟程。

戰爭馬上就要爆發了。你們沒聽說嗎？我們得趁道路還沒封鎖之前，趕緊上路。

我必須等她回來。我要等我女兒回來。

究竟是兒子還是女兒？快收拾行李，我們現在就得走！

老太婆，我肯帶你走，算你運氣好。女孩和寶寶還比較值錢咧。我大老遠來，可不能白來。要是我們不馬上走，就再也走不了。

你在幹嘛？把寶寶還給我！把他還給我！

薩奇！

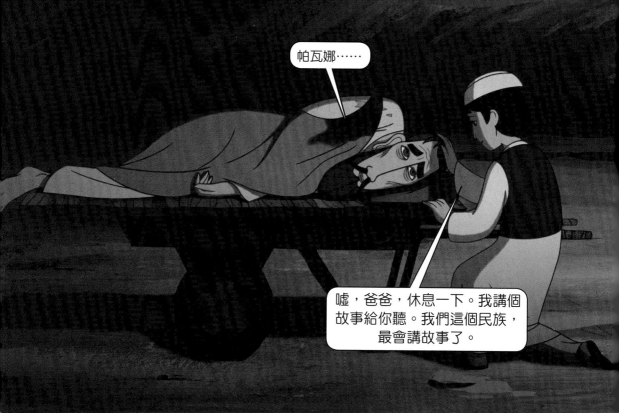

我們是被興都庫什山脈利爪撕裂的一片破碎大地，被北方沙漠烈火一般的眼睛給燒焦了。在我們這片土地上，最有價值的寶藏就是人……

傳揚你的話語，而非你的聲量。
因爲
能讓花朵綻放的
是雨水
而非雷響。

── 詩人 魯米

關於這個故事的歷史背景

阿富汗這個小國家，是中亞與南亞之間的橋梁，在歷史上，曾遭亞歷山大大帝、蒙古帝國、英國與蘇聯入侵。

一九七九年，美國支持戰士起義，對抗蘇聯扶持的政府，於是蘇聯入侵阿富汗。這場入侵戰爭，造成長達十年的血腥暴力。

一九八九年蘇聯戰敗，許多武裝團體爭奪對阿富汗的掌控權，導致內戰爆發。數百萬阿富汗人成為難民，流離失所，散落在巴基斯坦、伊朗和俄羅斯的大難民營裡，過著貧困艱苦的生活。

一九九六年九月，一度接受美國與巴基斯坦資助、訓練與提供軍火的塔利班武裝組織，掌控了首都喀布爾，開始實施極端嚴格的律法。他們焚書，砸碎電視機，禁止人民聽音樂。情勢對婦女更是嚴峻，女子學校被關閉，女性不能離家工作，且有極為嚴格的衣著規定。

二○○一年秋天，曾在阿富汗受訓的恐怖主義團體凱達組織（成員大多不是阿富汗人）對美國五角大廈與紐約世界貿易中心發動攻擊。美國為了反擊，組成多國聯盟，轟炸阿富汗，推翻塔利班政權。接下來幾年，數以萬計的各國軍方人員，在與塔利班的戰鬥中，喪生阿富汗。同時，無數阿富汗平民在戰爭中喪命、受傷，失去家園。

在舉行全國選舉，並修訂新憲法之後，男子與女子學校重新開學，女性也可以回到工作場所。但這個國家要從數十年的戰火摧殘中復原，仍然需要漫長的奮鬥。

阿富汗離和平仍遠。儘管法律已修訂，但很多男性依舊主張女性是他們的財產，強迫兒童成婚與虐待婦女的比率仍高。在法律規範之下，女孩雖有上學的權利，但因為欠缺受過訓練的女老師（許多家庭不願意將女兒交給男老師教導）、很難找到安全的交通運輸、人民普遍相信女孩存在的目的主要是結婚生子，以及校舍、書籍、文具短缺，讓受教育成為可望而不可及的夢想。女子學校甚至被縱火焚毀，婦女活動也遭污名化。

阿富汗人飽經戰亂，飽受壓迫，親身經歷過一個殘酷暴行的終結，就是另一個殘酷暴行的開始。然而，在這個國家，仍然有很多人每天一起床，就想辦法努力讓自己家人的生活、自己的社區、自己的國家變得更好一些。就是這樣平凡日常的善意，匯聚成巨大的勇氣。你我也可以盡一己之力，加入他們的行列，在任何地方、任何時間、任何事情上，奉獻涓滴力量，讓這個世界成為對每個人來說都是更美好的地方。

本書作者 黛博拉・艾里斯

動盪的社會裡，散發最溫暖的人性

阿富汗是個歷史悠遠的文明古國，因為位在絲路中央，自古就是東西方商業往來、文化匯聚的地方。但也因為這樣優越的地理位置，成為歐洲與亞洲大帝國爭奪的目標。再加上阿富汗國內種族複雜，信仰的雖然都是伊斯蘭教，但派別不同，使得內部社會也長期動盪不安。

從一九五〇年代開始，阿富汗致力推動改革，曾制定憲法，吸收西方文明，准許女性接受教育與工作，成為伊斯蘭世界最開放的國家之一。但自一九七〇年代末期，阿富汗又因為內部政治問題與國際勢力的介入，陷入長期的動亂。數十年來，內戰不斷，眾多平民因戰亂而喪生，或被迫遠離家鄉成為難民。而隨著塔利班（也就是「神學士」）政權的上台，阿富汗人民除了生命繼續受到威脅之外，又必須面對極度保守的社會規範。

塔利班對伊斯蘭教義採取極端嚴格的解釋，要求人民的日常生活必須絕對遵守教義規範，禁絕大書籍、電視、聽音樂。女性不能再出門上學或工作，甚至從頭到腳都要罩在黑袍裡，不能讓外人看見她們的容貌。

把現代文明生活視為理所當然的我們，或許很難想像生活在那樣的社會裡，會是什麼樣的景況，而《戰火下的小花》就透過小女孩帕瓦娜的故事，讓我們看見了阿富汗人民在塔利班政權統治下的真實遭遇。

《戰火下的小花》是十一歲女孩帕瓦娜因家庭生活陷入困境，被迫喬扮男孩，出門工作維持家計的故事。但這個故事不僅僅刻劃了帕瓦娜的勇氣與奮鬥，更藉由她的目光，引領我們行走於阿富汗的街頭，親眼目睹阿富汗人民日日面對的生命威脅與暴政壓迫，深刻體會到他們的恐懼，他們的痛苦。

然而，不論再怎麼深沉的黑夜，也還是會有希望的星光。帕瓦娜的故事讓我們看見平凡的阿富汗人民，在危急時刻，願意付出善意，彼此扶持。我們也因此了解，要克服絕望困境，靠的不是暴力，而是溫暖的人性。

對我們來說，阿富汗或許是遙遠陌生的國度，但生活在那裡的人民，卻是和我們活在同一個星球，呼吸同一種空氣，有血有肉的人。他們的處境不是只存在於故事裡，而是真實發生的現況。期待閱讀這一本書的每一位讀者，都可以因此理解在遙遠他方所發生的悲劇，進而伸出援手，努力讓這個世界變得更和平，更公義，也更美好。

譯者、美國史丹福大學訪問學者　李靜宜